KB196218

생쥐 소소 선생

송미경

동화 《학교 가기 싫은 아이들이 다니는 학교》로 제2회 웅진주니어문학상을, 《어떤 아이가》로 제54회 한국출판문화상을, 《돌 씹어 먹는 아이》로 제5회 창원아동문학상을 수상했습니다. 쓴 책으로 동화 《햄릿과 나》, 《봄날의 곰》, 《가정 통신문 시 쓰기 소동》, 청소년소설 《광인 수술 보고서》, 《나는 새를 봅니까?》, 그림책 《안개 숲을 지날 때》, 소설 《메리 소이 이야기》 등이 있고, 쓰고 그린 책으로 그림책 《토끼가 되었어》, 만화 《오늘의 개, 새》 등이 있습니다.

Instagram @song_mi_kyoung

핸짱

따뜻한 행복을 글과 그림으로 기록합니다. 우리 주변 공기가 무겁고 푸르게 가라앉으면 크리스마스의 산타클로스처럼 그림으로 누군가에게 행복을 배달하기도 합니다. 쓰고 그린 책으로 《콩밭으로 간 마음이》가 있고, 그린 책으로 《여기도 봄》, 《모두 어디 갔을까?》, 《똥깨비 도니》, 《길모퉁이 구름김밥집》 등이 있습니다.

Instagram @hanzzang_illust

생초 소소 선생

① 쫄쫄 초등학교에서 온 편지

초판 1쇄 인쇄 2024년 12월 25일
초판 1쇄 발행 2025년 1월 20일

글 송미경   그림 핸짱
발행인 양원석   발행처 (주)알에이치코리아(등록 2004년 1월 15일 제2-3726호)
본부장 김문정   편집 박진희, 김하나, 정수연, 고한빈   디자인 조은영, 김민   외주디자인 이지인
마케팅 안병배, 김연서   해외저작권 안효주   제작 문태일, 안성현
주소 서울시 금천구 가산디지털2로 53, 20층(한라시그마밸리)
편집 문의 02-6443-8921   도서 문의 02-6443-8800   홈페이지 rhk.co.kr
블로그 blog.naver.com/randomhouse1   포스트 post.naver.com/junior_rhk
인스타그램 @junior_rhk   페이스북 facebook.com/rhk.co.kr

ⓒ 송미경, 핸짱 2025

ISBN 978-89-255-7434-9 (73810)

생쥐 소소 선생

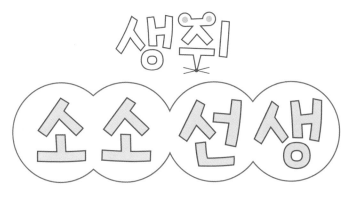

① 쫄쫄 초등학교에서 온 편지

송미경 글 핸짱 그림

주니어 RHK

☀ 소소 선생의 하루

　동화 작가 소소 선생은 오후 세 시가 되어야 일어나요. 소소 선생이 사는 오피스텔은 도시 한복판에 있기 때문에 아무도 서로에게 관심을 갖지 않아요. 한때 잘 지내던 고양이 경비원과도 인사조차 나누지 않는 사이가 되어 버렸지요.

　소소 선생은 외투를 입고 모자를 쓰고 가방을 메고 동네에서 가장 큰 마트까지 걸어갑니다. 그곳에서 그날 먹을 것들을 사요. 오후 세 시는 동네가 가장 한가한 시간이지요. 오늘 소소 선생이 사 온 것은 빵과 버터, 한 끼용으로 포장되어 있는 김치, 전자레인지에 데워 먹는 쌀밥, 아몬드가 들어간 풍선껌 한 통입니다.

장을 보고 나서는 카페에 들러 커피를 삽니다. 소소 선생은 아이스커피를 사 오려고 잠들기 전에 씻어 말려 둔 보냉병을 가방에 미리 넣어 두어요. 집으로 돌아오는 길에는 언제나 가방 안에서 얼음이 찰랑거리는 소리가 들립니다. 오늘도 그런 날이에요.

돌돌 꼬마돌 졸졸 조약돌
맨발로 깡총 냇물이 찰랑 나뭇잎 살랑
돌돌 졸졸 동동 콩콩

소소 선생이 보냉병에 얼음 부딪히는 소리를 들으며 어릴 때 부르던 노래를 흥얼거립니다. 선생은 그러고 싶을 땐 언제든 노래를 불러요. 소소 선생의 유일한 취미지요. 요즘 자주 부르는 이 노래는 언제부터 알고 있었는지 기억나지 않는 노래예요.

소소 선생은 마지막으로 두더지 봉봉 씨의 '봉봉 타르

트 가게'에 들릅니다. 사장인 봉봉 씨는 소소 선생과 오
랜 친구예요. 같은 초등학교를 다녔지요.

"자몽타르트?"

안경을 닦던 봉봉 씨가 다시 안경을 쓰며 말했어요.

"물론."

봉봉 씨는 소소 선생이 늘 자몽타르트만 주문한다는 것을 잘 알아요. 하지만 언제나 확인하지요. 봉봉 씨는 굉장히 예의 바른 두더지니까요.

"소소, 오늘은 편지가 열 통 왔어."

"열 통이나 왔군. 어차피 읽어 보지도 않아. 다 비슷한 내용이거든. 책이 점점 재미없어진다는 항의 편지야. 환불해 달라는 편지도 가끔 껴 있겠지."

소소 선생이 타르트 진열장에서 가장 가까운 생쥐 전용 자리에 앉아 다리를 떨며 말했어요.

"〈딩동 놀이공원〉 시리즈가 한창 인기 있을 땐 하루에 백 통이 넘는 편지가 왔잖아? 선물이 들어 있는 택배도 많았지. 그땐 가게 앞에 상자가 쌓여 있고 그랬는데."

봉봉 씨가 작은 상자에 자몽타르트를 말끔하게 담으며 말했어요.

"고마워. 매번 편지를 받아 줘서. 네가 아니면 골치 아팠을 거야."

소소 선생은 그런 일은 정말 딱 질색이라는 듯 고개를
저었습니다.

"요즘엔 뭘 써?"

소소 선생은 봉봉 씨의 물음에도 대답하지 않고
다리를 열심히 떨었어요. 봉봉 씨는

소소 선생이 다리를 떨 때마다 테이블이 함께 흔들리는 것을 보며 대답을 기다렸지요.

"예전 같지 않아. 어떻게, 무얼 써야 할지 모르겠어."

소소 선생이 말했어요.

"이번에도 해낼 거야."

봉봉 씨가 응원의 말을 건넸습니다.

"1권에서 5권까진 괜찮았는데……. 난 이제 끝났어."

"참! 졸졸 초등학교에서 온 편지는 열어 보지 그래? 벌써 일주일째라고. 하루도 빠짐없이 편지가 오잖아."

소소 선생은 이번에도 대답 없이 계속 다리만 떨었어요. 그럴 때마다 테이블에서 딸그락 소리가 났지요.

봉봉 씨는 더 이상 소소 선생을 닦달하지 않고 편지 묶음과 타르트 상자를 내어 줬어요. 선생은 가볍게 인사하고 타르트 가게를 나왔지요. 어차피 날마다 만나기 때문에 못다 한 이야기는 내일 나누면 되거든요.

집에 돌아온 소소 선생은 언제나처럼 모자와 외투를

현관 앞 옷걸이에 걸어 두고, 가방 속 짐을 꺼내 정리했습니다. 그러고는 봉봉 씨에게서 받아 온 편지봉투들을 하나씩 살폈어요.

"음, 졸졸 초등학교……. 벌써 여덟 통째군."

소소 선생은 다른 편지들은 열어 보지도 않고 책상 아래 상자에 넣어 버렸어요. 하지만 졸졸 초등학교에서 온 편지는 잠시 들여다보았지요. 왜 학교 이름이 '졸졸 초등학교'인지 궁금해하다가 그 편지마저도 상자에 넣었습니다.

"이 학교 때문에 자꾸 졸졸 시냇물 노래가 떠오르는 건지도 몰라."

소소 선생은 상자를 보며 중얼거렸어요.

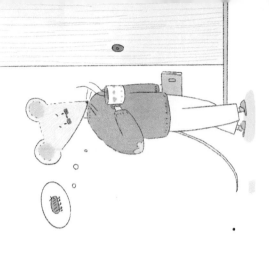

소소 선생은 오후 내내
책상에 앉아 새 동화를 어
떻게 써야 하나 열심히 생
각했어요.

"무슨 얘길 쓰지? 재미없다고 난리지만, 할 얘기가
남아 있으니 〈딩동 놀이공원〉 11권을 그냥 써야
하나? 아니면 다른 이야기를 써야 하나? 다른
얘기라면 호랑이가 나와야 하나? 쥐며느리가
나와야 하나? 동화 쓰기를 그만둬야 하나?
말아야 하나?"

　소소 선생은 풍선껌을 씹다가 불다가, 책상에 앉았다
가 소파에 앉았다가, 침대에 누웠다가 일어났다가 하며
방을 서성거렸어요. 저녁 식사를 하면서도 다리를 떨며
어떤 이야기를 써야 할까 고민했지요. 간식으로 자몽타
르트를 먹으면서도, 책을 한두 장 읽으면서도요. 늦은
밤에는 침대에 누워 긴 꼬리를 만지작거리며 생각했어
요. 그러다 까무룩 잠이 들었지요. 새벽 무렵 오줌을 누
려고 잠깐 깨기는 했지만, 소소 선생은 다시 꼬리를 만지

작거리며 잠을 잤어요. 아침이 밝아 올 때까지요.

아침에 억지로 깬 건 초인종 소리 때문이었습니다. 문을 열자 고양이 경비원이 서 있었어요.

"소소 선생, 월세와 관리비가 다섯 달째 밀렸어요. 원래 석 달 못 내면 나가야 하는데, 사장님께서 한때 선생의 팬이었다는 이유로 두 달 여유를 준 거였죠. 그 두 달도 이제 지나갑니다."

"네, 뭐…… 알고 있어요. 하지만 이렇게 이른 아침부터 독촉이라니요."

"여기 안내문 읽어 보세요. 그리고 이른 아침이라니요. 해 뜬 지가 언제인데. 그렇게 늦잠이나 자고 게으름을 피우다간 조만간 쫓겨날 거요."

"쥐들은 밤에 일합니다."

"아침에도 일해야죠.

쫓겨나지 않으려면 말이에요!"

"무슨 상관이에요!"

선생은 인사도 하지 않고 문을 쾅 닫아 버렸어요.

며칠 동안 소소 선생은 매일 똑같은 하루하루를 보냈습니다. 일주일이 지난 어느 오후에도 선생은 장을 보고 아이스커피를 산 뒤 봉봉 타르트 가게로 갔지요.

"자몽타르트?"

"응. 당연하지."

소소 선생은 힘없이 대답하고는 자리에 앉아 한쪽 다리를 떨기 시작했어요.

"글은 좀 썼어?"

봉봉 씨가 자몽타르트를 상자에 담으며 물었어요. 하지만 소소 선생은 아무 말도 하지 않았지요.

"이번엔 무슨 이야기를 쓸 생각이야?"

"모르지."

"여행이라도 가는 건 어때?"

"난 여행이라면 딱 질색이야."

"오늘도 졸졸 초등학교에서 편지가
왔어. 날마다 편지가 오는 걸
보면 매일 보낸다는 얘기지.
뜯어는 봤어?"

"아니. 새로운 이야기를 생각할 시간도 부족해."

봉봉 씨는 작게 한숨을 쉬더니 안경을 벗어서 오랫동안 닦았어요. 그러고는 편지 묶음을 꺼내 왔지요. 그 모습을 보며 소소 선생은 생각했어요.

'안경 닦는 두더지 시리즈를 써 볼까……. 재미있으려나? 재미없겠지.'

"이봐, 소소. 이참에 졸졸 초등학교에 가 보는 거야. 내가 좀 찾아보니까 그 학교에는 생쥐들만 다닌대. 선생님도 생쥐고. 어린 생쥐들을 만나고 오면 좋은 이야기가 떠오르지 않을까? 이 도시엔 아이들도 없고 직장인들뿐이잖아. 그러니 아무 일도 일어나지 않지. 아, 오늘 아침엔 길 건너 카페의 배수관이 터져서 물난리가 나긴 했지만. 고작 그런 일들뿐이야."

봉봉 씨의 말을 듣고 선생은 창밖을 보았어요. 길 건너 카페는 아직도 물청소를 하고 있었지요.

"저걸 보고 있으니 생각나. 내가 전학 오기 전에 다니던 학교 앞엔 큰 강이 있었어. 수영하는 생쥐들도 있었지. 나는 수영을 좋아하진 않지만."

"그럼 넌 안 했겠군."

"난 몸이 약해서 늘 강가에 앉아 동화책을 읽었어. 체육 시간에도 마찬가지였고. 그런 내게도 친구가 하나 있었어. 전학 온 뒤로 이름을 잊었지만 말이야. 우리 반에서 가장 작은 생쥐였지. 그 애의 가늘고 긴 꼬리, 듬성듬성 윤기 없는 털만 기억나."

"나는 소소 네가 전학 왔을 때가 생생하게 기억나. 첫날 자기소개 할 때 네 목소리가 엄청 작았었지. '제 이으므 소소소소소스스스.' 이렇게 들렸다니까."

소소 선생과 봉봉 씨는 함께 깔깔대며 웃었어요.

"그나저나 졸졸 초등학교 말이야. 내 동화가 너무 재미없어서 초대한 건지도 몰라. 기억나지? 저번에 콩콩 문화 센터에선 나를 불러다 놓고 망신만 줬다고!"

"용기 내, 소소. 불행은 연달아 일어나지 않거든. 다리 떠는 것 좀 그만하고 말이야."

봉봉 씨의 말에 소소 선생은 떨고 있던 자신의 다리를 손으로 잡아 멈췄어요.

"온 김에 새로 개발한 타르트 맛볼래?"

"고맙지만 거절할게."

소소 선생은 집으로 돌아와 가방과 모자와 외투를 벗어 현관 앞 옷걸이에 걸었어요. 장 봐 온 것들을 냉장고에 넣으면서 어떤 이야기를 써야 할까 생각하다 한숨을 쉬었지요. 그리고 평소처럼 책상 밑 상자에 봉봉 씨에게 받아 온 편지 묶음을 넣으려다가 졸졸 초등학교에서 온 편지를 열어 보기로 했어요.

"그래, 그냥 열어 보기만 하는 거야."

소소 작가님께

작가님, 안녕하세요?

답장을 기다리다가 다시 편지를 보냅니다.

우리 학교 어린 생쥐들은 작가님의 책을

모두 읽었습니다.

졸졸 초등학교는 아주 깊은 산골에 있어요.

전교생이 열둘밖에 안 되는 작은 학교예요.

작가님께서 와 주신다면 우리 모두

정말 행복할 거예요.

                                졸졸 초등학교 선생님 드림

추신 : 작가님이 우리 학교에 오실 때까지 계속 편지를

보낼 거랍니다. 약속도 지키셔야죠. 그러니 속히 오시는 편이

좋을걸요. 저는 포기를 모르니까요.

소소 선생은 편지를 읽는 내내 중얼거렸어요.

"올 때까지 편지를 보낸다니. 가야 하나? 말아야 하나? 약속은 또 무슨 소리야? 어쩌지? 어쩌지?"

소소 선생은 책상에 앉아 새 편지지를 펼쳐 놓고 다리를 떨며 펜을 든 채로 망설였습니다.

"답장을 써야 하나? 말아야 하나? 어쩌지? 어쩌지?"

소소 선생은 자리에서 일어나 아이스커피를 컵에 부었어요. 컵 속으로 커피와 얼음이 떨어지며 물가의 조약돌이 구르는 소리를 냈어요. 그 소리를 들으니 기분이 조금 나아졌어요.

"돌돌 꼬마돌, 졸졸 조약돌. 맨발로 깡충, 냇물이 찰랑, 나뭇잎 살랑, 돌돌 졸졸 동동 콩콩……."

노래를 부르던 소소 선생은 아이스커피를 한 모금 마시고는 컵을 들고 다시 책상 앞에 앉았습니다. 그러고는 답장을 썼어요.

"계속 편지를 받느니 가겠습니다……."

어쨌든
여행

며칠 후 소소 선생은 기차역으로 향했습니다. 봉봉 씨
는 타르트 가게 문도 열지 않고 오토바이에 선생을 태워
기차역까지 함께 왔어요. 계속 망설이는 소소 선생을 기
차에 태우기 위해서요.

"돌아가는 게 좋겠어. 이렇게 많은 동물들이 오가는

걸 보니 숨이 막힐 지경이라고."

　기차역 안 카페에서 레모네이드를 마시던 소소 선생
은 얼음만 남은 잔을 빨대로 쪽쪽 빨아 대며 말했어요.
선생이 다리를 어찌나 떠는지 봉봉 씨는 레모네이드 잔
을 좀처럼 내려놓지 못했습니다. 테이블 위에 올려 두면

레모네이드가 쏟아질 것 같았거든요.

"용기 내. 너도 한때 어린 생쥐였잖아. 겁낼 것 없어. 이러다가도 막상 닥치면 잘 해내면서. 기억나? 우리 초등학교 3학년 때 리코더 합주회."

"그 얘긴 하지 마."

봉봉 씨의 말에 소소 선생은 떨던 다리를 멈추고 주변을 둘러보며 속삭였어요.

"그때 네가 연주를 가장 훌륭하게 해냈지. 네 덕분에 나는 잘 모르는 부분을 연주하는 척 넘길 수 있었어. 네가 너무 긴장한 나머지 오줌을 싸며 연주했다는 건 뒤늦게야 알았지만."

"아……. 하지 말래도."

"생각해 봐, 연주는 어쨌든 훌륭했어. 연주 중에 오줌을 싸지 말라는 법은 없잖아? 게다가 나와 선생님 말고는 네가 오줌 싼 걸 몰랐으니까."

봉봉 씨가 크게 떠들어 대서 카페에 앉아 기차를 기

다리던 다른 손님들이 모두 소소 선생을 힐끗거렸어요. 손님들이 곧 기차를 타러 나가지 않았다면 선생은 계속 앉아 있을 수 없었을 거예요.

소소 선생은 얼음을 오도독 씹으며 어떻게 하면 다시 집으로 돌아갈 수 있을까 생각했습니다.

"우리, 역에 너무 일찍 온 것 같아. 아직 세 시간이나 남았다고! 그러니 돌아가서 다시 천천히 생각해 보면 어떨까?"

"소소, 제발 다리 좀 그만 떨어. 그리고 우린 여기 있을 거야. 네가 탈 기차가 올 때까지."

"아, 생각났어! 고양이 경비원이 밀린 월세를 내지 않으면 쫓아낸다고 했거든. 오늘 나를 찾아왔다가 아무도 없으면 문을 부숴 버릴지도 몰라."

"절대 그럴 리 없어. 그 문값을 자신이 치러야 한다는 걸 고양이 경비원은 알고 있을 테니."

"아, 생각났어! 오늘 내 머릿속에 정말 재미있는 동화가 떠오를 수도 있다고. 너도 알잖아? 난 내 책상에 앉아서만 글을 쓸 수 있어. 내 떡갈나무 책상 말이야."

"소소, 지난 3년 동안 떠오르지 않던 이야기가 오늘 떠오를 리 없잖아."

"이야기란 원래 그래. 갑자기 손님처럼 찾아온다고!"

"그럼 내가 대신 쓰고 있기라도 할 테니 다녀와. 강연료 받아서 한 달 치 월세라도 내야지!"

결국 소소 선생은 기차에 올라야 했어요.

봉봉 씨는 기차가 출발하지도 않았는데 손수건을 꺼내 흔들기 시작했습니다. 그리고 입 모양으로 뭐라고 중얼거렸어요. 소리는 들리지 않았지만 선생은 그게 무슨 말인지 알고 있었지요. 졸졸 마을에 가면 산딸기와 산딸기잎을 따 오라고 했었거든요. 타르트 장식으로 써야 한다면서요. 그러면서 산딸기가 열리는 곳에는 뱀이 가까이 있으니 조심하라고도 했지요.

기차가 서서히 역을 빠져나갈 때부터 보이지 않을 때

까지 봉봉 씨는 계속 손수건을 흔들었습
니다. 그러지 않으면 소소 선생은 기차에
서 내릴 게 뻔했으니까요.

"두더지들은 지독해."

소소 선생은 봉봉 씨가 흔드는 손수건이 더 이상 보이
지 않게 되자 중얼거렸어요. 하지만 그래도 여전히 봉봉
씨는 소소 선생의 가장 좋은 친구였습니다.

소소 선생의 자리는 앞 좌석과 마주 보는 자리였어요. 평소라면 딱 질색했겠지만 할인이 많이 되는 자리는 그 자리뿐이었지요. 선생은 앞의 두 자리와 자신의 옆자리에 아무도 앉지 않기만을 바랐지만, 다음 역에서 고양이 가족이 그 자리에 앉아 버렸습니다.

"하필 고양이군."

소소 선생이 중얼거렸습니다.

"지금 뭐라고 하셨죠? '고양이는 딱 질색이야.'라고 하는 걸 제가 들은 것 같은데요?"

"아뇨. 그냥 '하필 고양이군.'이라고 했을 뿐이에요."

"뭐라고요? 하필? 그게 더 나쁜 말 아니에요?"

"고양이들이 무례하다는 건 온 세상이 다 안다고요!"

소소 선생은 얼마 전 아침에 고양이 경비원이 자신을 무례하게 깨운 일을 떠올리며 소리쳤어요. 역무원이 다가와서 말리지 않았다면 소소 선생은 고양이 가족에게 물렸을지 몰라요.

결국 선생은 1호 차와 2호 차 사이로 쫓겨났습니다.

'원래 고양이를 싫어하진 않았는데. 이게 다 그 고양이 경비원 때문이야.'

소소 선생은 한숨을 푸 쉬었어요. 그리고 도착할 때까지 간이 의자에 앉아 다른 동물들이 화장실에 오가는 걸 지켜봐야 했답니다. 고양이 가족에게 했던 말은 아무래도 좀 심했다고 반성하면서 말이에요.

잠시 후, 소소 선생은 기차역에서 내려 버스로 갈아탔

습니다. 이번에는 다행히 생쥐 전용 버스를 탈 수 있었어요. 생쥐 전용 버스는 요금이 가장 저렴하거든요.

빈자리에 앉았을 때 소소 선생은 옆자리 어린 생쥐가 동화책을 읽고 있는 걸 보았습니다. 책 제목이 너무 궁금했지만 물어보지 못했어요. 얼핏 보니 선생이 쓴 동화는 아니었어요. 그래도 버스에서 동화책을 읽는 어린 생쥐를 만나 무척 기뻤지요.

"혹시, 내용이 궁금하세요?"

어린 생쥐가 소소 선생에게 물었어요. 그도 그럴 것이 선생의 얼굴이 점점 책에 가까워지고 있었거든요.

"궁금하지. 네가 재미있게 읽고 있으니."

"《시곗바늘 결투》라는 동화예요. 생쥐 두 마리가 시침과 분침으로 펜싱 대회에서 맞서는 이야기예요. 여기, 얘가 분침을 갖고 있는 주인공인데요. 사실 얘는 초침을 잃어버려서 이렇게 됐어요. 칼이 길수록 유리한 건 아시죠? 상대방은 초침을 가졌어요. 어떻게 될 것 같아요?"

"분침으로 승리하겠지?"

"아니요. 주인공은 분침도 잃어버려요. 그래서 이번엔 시침으로 칼을 대신해요. 하지만 또 시침을 잃어버리고……."

어린 생쥐의 이야기는 생각보다 길었어요. 소소 선생은 자기도 모르게 깜빡 졸고 말았지요. 중간에 어떻게 되었는지 듣지 못했지만 물어볼 수 없었어요. 그러면 어린 생쥐는 다시 앞에서부터 이야기할 것 같았거든요.

"생각해 보세요. 숫자 3으로 칼싸움이라니 말이에요.

그래서……."

어린 생쥐는 끊임없이 말을 이어 갔습니다. 선생은 또다시 졸았지요.

"하지만 아직 주인공에겐 숫자 7이 있었던 거예요. 아시겠지만 시계 판엔 숫자가 12까지밖에 없……."

이번엔 졸리지 않았지만 억지로 잠을 청했어요. 어린 생쥐의 이야기가 좀처럼 끝나지 않을 것 같아서요. 하지만 어린 생쥐가 선생의 꼬리를 살짝 꼬집는 바람에 눈을 뜰 수밖에 없었어요.

"숫자 몇까지 들으신 거예요?"

"아이고, 아파라. 근데 여기가 어디니?"

소소 선생은 두리번거리며 다급히 물었어요.

"지지난 정거장이 졸졸 마을이었고, 지난 정거장은 똑똑 마을이었으니까, 다음 정류장은 통통……."

거기까지 듣고 소소 선생은 기사님께 버스를 세워 달라고 소리쳤어요. 간신히 똑똑 마을과 통통 마을 중간에서 내릴 수 있었지요.

소소 선생이 한숨 돌리려는데, 막 출발했던 버스가 다시 멈추더니 열린 창문으로 어린 생쥐가 소리쳤어요.

"가방을 두고 내리셨어요!"

"아유, 내 정신 좀 봐! 고맙구나."

다시 버스에 올라 가방을 챙기는 선생에게 어린 생쥐가 말했어요.

"저라면 결말이 궁금해서라도 계속 버스를 타고 갈 거예요."

"난 결말이 그리 궁금하지 않아."

"〈딩동 놀이공원〉 시리즈 같은 뻔한 동화라면 그렇겠죠. 하지만 이건 《시곗바늘 결투》라고요. 어떻게 안 궁금할 수 있어요? 주인공은 이겨요. 숫자 12가 있어서요. 양손에 1과 2를 들고 말이에요."

어린 생쥐의 말에 소소 선생은 몹시 당황했어요. 왠지 부끄러운 마음도 들었고요. 얼른 내리려고 서두르다 그만 계단에서 발을 헛디뎌 버스 밖으로 데구루루 떨어지기까지 했지요.

소소 선생은 자리에 주저앉은 채 덜컹거리며 멀어지는 생쥐 전용 버스를 한참이나 바라보았어요. 하지만 곧 따뜻한 봄 햇살과 들판에 새로 돋은 꽃과 풀 냄새와 솔솔 부는 봄바람에 기분이 점점 나아졌어요. 몸도 쫙 펴졌지요. 도시에서는 늘 몸을 잔뜩 웅크리고 다녔거든요.

하지만 큰길을 지나 냇가로 들어서자 소소 선생의 몸은 다시 움츠러들었어요. 졸졸 마을에 사는 동물들이 선생을 뚫어질 듯 쳐다봤기 때문이에요. 노란 외투를 입

고 노란 모자를 쓴 낯선 생쥐가 혼자 걷고 있으니 모두가 궁금해하는 것도 당연한 일이었어요. 게다가 오늘은 작가 강연에 온다고 목에 리본 스카프까지 둘렀거든요. 소소 선생은 언제부터인지 누군가 자신을 쳐다보면 당장 오줌을 쌀 듯 긴장했어요.

선생은 모자를 더 깊이 눌러쓰고는 가방에 넣어 온 지도를 펼치려다가 커다란 풍선에 매달려 펄럭거리는 현수막을 보았어요. 현수막에는 '소소 작가님 환영합니다'라고 쓰여 있었어요.

"저렇게 큰 풍선이라면 바구니를 달아서 타고 집에 돌아가도 좋겠는걸. 풍선 여행은 내 어릴 적 꿈이기도 했지. 물론, 재미있는 동화에나 나올 법한 얘기지만 말이야."

소소 선생은 풍선을 보며 한참을 걸었어요. 가까워 보이지만 꽤 먼 길이었어요.

졸졸 초등학교에 오신 걸
환영합니다!

소소
자기님
환영합니다

학교에 들어서자 아이들의 목소리가 들렸어요. 교문
앞에 모여 손을 흔들고 있었지요. 소소 선생은 부끄러웠
지만 용기를 내서 어깨를 쫙 펴고 노란 모자를 벗어 흔
들어 보인 후 아이들에게로 걸어갔습니다. 모두 자신을
보고 있으니 한 걸음씩 발을 내디딜 때마다 온몸이 간지
러워지는 것 같았어요. 자꾸만 고개가 숙여지고 꼬리는
동그랗게 말렸지요.

그때마다 소소 선생은 봉봉 씨가 한 말을 떠올렸어요.

"어깨를 쫙 펴고 앞을 보고 팔다리를 쭉쭉!"

그리고 그 말을 중얼거리며 아이들에게 천천히 다가 갔습니다. 그 모습을 본 아이들이 깔깔 웃어 댔어요. 긴 장한 소소 선생의 걸음걸이가 꼭 고장 난 장난감 로봇 같았거든요.

"소소 작가님, 환영합니다!"

아이들이 큰 소리로 인사해 준 덕분에 소소 선생은 다 시 정신을 차렸어요. 교문 앞에는 열두 마리의 어린 생 쥐들과 한 마리의 생쥐 선생님이 나와 있었어요.

'저 선생님, 어쩐지 낯이 익은데……'

잠시 고개를 갸우뚱했지만 더 생각할 틈이 없었어요. 아이들과 선생님이 소소 선생을 이끌고 학교 안으로 들 어갔습니다.

"제가 강연하게 될 강당은 어디인가요?"

"강당은 없어요."

생쥐 선생님이 대답했어요.

"강당이 없는 학교도 있나요? 그러면 학교 도서실이라든가 시청각실이라든가 실내 운동장 같은 데라도."

어리둥절해하는 소소 선생에게 아이들이 소리쳤지요.

"교실에 그 모든 게 다 있으니까요!"

소소 선생은 교실 문이 열리는 순간 깜짝 놀랐습니다. 밖에서 볼 땐 분명 평범한 건물이었는데, 교실 안은 1층부터 4층, 지붕까지 연결되어 있어서 아주아주 넓었거든요. 게다가 지붕은 투명한 유리라서 하늘에 둥실 떠올라 있는 큰 풍선과 현수막이 바로 보였어요.

교실엔 칠판과 책상과 의자도 있었지만 미끄럼틀과 시소와 뺑뺑이, 그네와 레일 열차, 그 밖에도 소소 선생이 한 번도 본 적 없는 놀이기구들이 가득했어요. 간식이 가득 든 진열장과 동화책이 빽빽하게 꽂힌 책장과 다함께 점심을 먹을 수 있는 아주 커다란 테이블과 숨바꼭질을 할 수 있는 놀이 집도요. 게다가 아늑한 침대까지

있었지요. 생쥐들은 졸릴 때 언제든 자야 하거든요.

"우리 학교는 교실이 하나예요. 그래서…….."

"우아! 제가 상상하던 교실이네요!"

생쥐 선생님의 설명이 끝나기도 전에 소소 선생이 대답했어요.

"우린 이 교실이 좋아요!"

아이들도 한목소리로 말했지요.

"그럼 저는 저기 2층에 있는 테이블 앞에서 강연하면 될까요? 피피티(PPT)를 준비해 왔어요."

소소 선생이 가방을 뒤적이며 묻자 생쥐 선생님은 고개를 저었어요.

"아뇨, 그냥 여기서 아이들과 함께 노시면 돼요. 저는 수업 마치는 종이 울리면 돌아오겠습니다. 점심을 같이 드시죠."

그 말을 남긴 채 생쥐 선생님은 교실 문을 닫고 나가 버렸어요. 소소 선생은 궁금한 게 많았지만 신이 난 아이들이 즐거운 비명을 질러 대는 통에 한마디도 물어볼 수 없었어요.

선생은 교실 문 옆 의자 위에 간신히 가방을 올려 두고 노란 모자와 외투를 벗어 옷걸이에 걸었어요. 그러고는 숨 돌릴 틈도 없이 아이들에게 이끌려 계단을 올라야 했답니다.

"제 이름은 장미예요, 작가님. 만나서 반가워요."

"제 이름은 스스예요. 저는 작가님이 우리 학교에 오실 날만을 기다렸어요. 작가님의 책을 정말 재미있게 읽었거든요. 하지만 〈딩동 놀이공원〉 시리즈에는 빠진 게 하나 있다고 생각해요."

어린 생쥐 두 마리가 계단을 오르는 소소 선생 옆에 꼭 붙어서 쉬지 않고 말을 해 댔어요.

"스스야, 작가님께 그런 말은 좀 무례하지 않니?"

장미가 스스에게 귓속말을 속삭였어요. 하지만 소소 선생에게는 다 들렸지요. 귀가 아주 밝거든요.

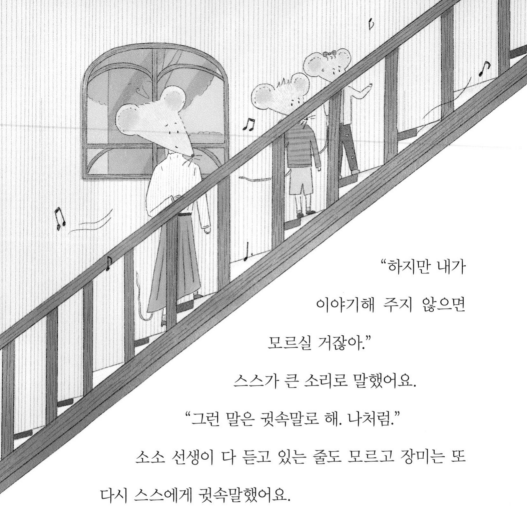

"하지만 내가
이야기해 주지 않으면
모르실 거잖아."

스스가 큰 소리로 말했어요.

"그런 말은 귓속말로 해. 나처럼."

소소 선생이 다 듣고 있는 줄도 모르고 장미는 또
다시 스스에게 귓속말했어요.

피아노 소리가 나는 건반 모양의 계단을 오르며 소소
선생은 도시의 집으로 돌아가고 싶다는 생각을 했어요.
아무도 말을 걸지 않고, 아무도 선생이 작가인지 모르는
그곳으로요.

'용기 내. 너도 한때 어린 생쥐였잖아. 겁낼 것 없어.'

소소 선생은 봉봉 씨가 배웅하며 했던 말을 떠올렸어요. 그래서 스스가 하는 말을 귀 기울여 들어 보기로 했습니다.

"얘기해 줄 수 있어? 내 동화에 빠진 게 뭔지."

2층 계단까지 올라왔을 때 소소 선생이 조심스럽게 물었어요.

"정말요?"

스스가 눈을 반짝였어요. 선생이 고개를 끄덕였지요. 스스는 신이 나서 말하기 시작했어요.

"〈딩동 놀이공원〉 시리즈는 6권부터 너무 지루해요. 책을 딱 열고 두 장 정도 읽으면 결말이 어떻게 될지 다 보이거든요. 놀이기구만 조금씩 바뀔 뿐이죠. 좀 더 신기하고 이상한 일들이 생겨야 해요."

"아, 그렇구나……."

소소 선생은 계단 오르기를 멈추고 머뭇거렸어요.

"물론, 저는 〈딩동 놀이공원〉 시리즈를 정말 좋아해

요. 왜냐하면 1권부터 5권까지는 너무너무 재밌었거든
요. 제 인생 동화책이에요. 아마 우리 모두에게 그럴걸
요? 하지만 6권부터 10권은 다 뻔해요."

스스의 말에 소소 선생은 쥐구멍 속으로 들어가고 싶
어졌어요.

"괜찮으세요?"

장미가 걱정스러운 얼굴로 물었어요.

"응, 괜찮아. 이미 알고 있거든."

선생이 작은 소리로 힘없이 대답했지요.

"그래도 전 10권까지 다 읽었어요. 그다음 권에서 재밌는 일이 생길지도 모르니까요. 그리고 주인공들에게 정도 들었고요."

"고맙구나, 스스야. 미안하고 말이야."

소소 선생이 말했어요.

"우리도 그래요. 매일매일이 재미있는 날은 아니거든요. 조금 지루한 날도 있어요. 신기하고 재밌는 일이 매일 있을 순 없다는 걸 아니까 기다릴 수 있어요."

스스, 장미와 이야기를 나누다 보니 벌써 4층에 도착

했어요. 그곳에는 아주 고불고불하고 복잡한 미끄럼틀이 있었지요.

"이렇게 팔을 가슴 위에 엑스(X) 자로 포개요. 그리고 그냥 가만히 몸을 맡기면!"

그렇게 말하고는 스스가 먼저 미끄럼틀을 타고 내려갔어요.

너무 오랜만인 데다가 이렇게 높은 곳에서 미끄럼틀을 타고 내려갈 생각을 하니 소소 선생은 용기가 나지 않았어요. 미끄럼틀 앞에서 머뭇거렸지요.

"작가님 차례예요."

"아니야, 장미 네가 먼저 내려가면 뒤따라서 탈게. 게다가 난 치마를 입고 있어서 말이야. 아, 속바지는 챙겨 입었단다."

어쩐지 심장이 쿵쾅거리고 손발이 덜덜 떨렸어요.

"우선 여기 앉으세요."

소소 선생은 하는 수 없이 장미가 시키는 대로 미끄럼

틀에 앉았어요. 하지만 양손으로 미끄럼틀 입구를 꼭 붙잡고 버텼지요.

"그리고 두 손을 가슴에……."

"아, 그러면 잠시만! 잠시만!"

"망설일수록 무서운 법이에요. 자, 하나, 둘, 셋!"

소소 선생이 간신히 가슴 위에 두 손을 얹자 장미가 선생의 등을 힘껏 밀었어요.

"으아아아악!"

결국 소소 선생은 미끄럼틀 속으로 빨려 들어갔지요.

이렇게 저렇게 구불거리는 미끄럼틀을 정신없이 타고 내려가는데, 선생의 머릿속에 문득 얼굴 하나가 스쳐 갔어요.

'그래, 맞아! 새돌이! 아까 그 선생님, 새돌이와 비슷하게 생겼어! 하지만 새돌이가 선생님이 되었을 리 없는데…….'

새돌이는 소소 선생의 어릴 적 친구였어요. 그 친구는

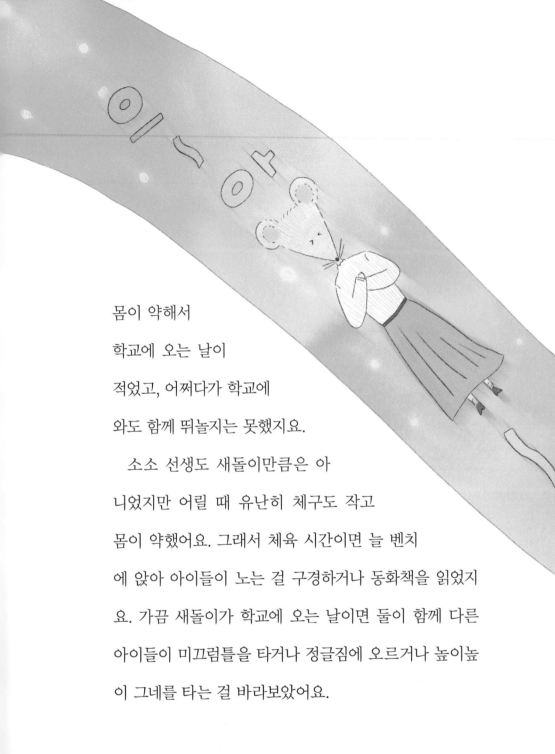

몸이 약해서

학교에 오는 날이

적었고, 어쩌다가 학교에

와도 함께 뛰놀지는 못했지요.

　소소 선생도 새돌이만큼은 아

니었지만 어릴 때 유난히 체구도 작고

몸이 약했어요. 그래서 체육 시간이면 늘 벤치

에 앉아 아이들이 노는 걸 구경하거나 동화책을 읽었지

요. 가끔 새돌이가 학교에 오는 날이면 둘이 함께 다른

아이들이 미끄럼틀을 타거나 정글짐에 오르거나 높이높

이 그네를 타는 걸 바라보았어요.

"난 어른이 되면 건강해질 거야. 그리고 선생님이 될 거야. 온종일 학교에서 아이들하고 놀아야지. 수업 시간이랑 쉬는 시간도 바꾸고."

어렸을 때 새돌이가 뛰노는 친구들을 보며 한 말이에요. 소소 선생도 한마디 거들었지요.

"그럼 나도 가끔 놀러 갈게. 네가 있는 학교로. 나는 아주아주 큰 교실에 미끄럼틀을 가져다 놓고 온종일 오르고 타고 또 오르고 타면서 놀 거야. 그리고 그런 이야기를 동화로 써야지. 난 작가가 될 거거든."

하지만 소소 선생은 곧 도시의

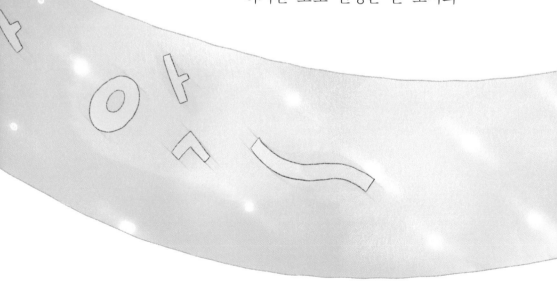

학교로 전학을 가게 되었고, 그 이후로 새돌이를 잊고
살았던 거예요.

'저 선생님이 혹시 새돌이 아닐까?'

생각해 보니 편지에는 선생님 이름이 없었어요. 그저
'졸졸 초등학교 선생님'이라고만 적혀 있었지요.

그러는 사이 소소 선생의 몸은 미끄럼틀의 경사가 심
한 곳으로 떨어졌어요.

"으아아아악! 소소 살려!"

선생은 고래고래 비명을 지르며 고불고불 미끄럼틀 속에서 한동안 미끄러져 내렸답니다. 그리고 마침내 미끄럼틀에서 빠져나와 푹신한 볼 풀 위에 도착했어요. 아이들이 모두 박수를 쳤어요.

소소 선생은 아이들에게 둘러싸여 그동안 쓴 동화책 이야기를 나눴어요. 아이들은 선생의 목소리로 책의 한 구절을 듣고 싶어 했지요. 소소 선생은 〈딩동 놀이공원〉 3권에서 대관람차가 고장 난 부분을 낭독해 주었어요.

"작가님! 미끄럼틀 한 번 더 타요오!"

낭독이 끝나자 스스가 소소 선생의 팔을 끌어당겼어요. 어쩔 수 없이 선생은 스스, 장미와 함께 다시 계단을 오르기 시작했습니다.

"이 미끄럼틀, 재미있는 책 같죠?"

장미가 말했어요.

"책?"

소소 선생은 장미의 말을 잘 이해하지 못했어요.

"재미있는 책은 읽고 나면 또 읽고 싶어지잖아요. 마치 작가님 책처럼요."

장미보다 먼저 스스가 대답했어요.

"아까는 6권부터 시시하다고 하지 않았니?"

"조금 시시할 뿐 또 읽고 싶어지죠. 이미 아는 내용을 읽으면 더 재미있거든요. 처음엔 그냥 지나쳤던 작은 재미들을 발견하기도 해요. 예를 들면, 3권에서 폭풍이 몰려오는 날 대관람차가 고장 났을 때 관람차 안에 있던 주인공이 오줌을 참는 장면 같은 거요. 처음엔 중요하게 생각 안 했거든요."

"다행이구나."

"그러니까 우리 학교 아이들이 작가님을 기다렸죠."

스스가 활짝 웃으며 말했어요. 빠진 앞니 사이로 새이빨이 올라오는 게 보였지요.

"사실 저는 책을 빨리 못 읽어요. 등장인물 이름도 잘 못 외우고요. 그래서 새로운 책을 읽으면 머리가 지끈거려요. 그런데 작가님 책엔 늘 같은 주인공들이 나오니까 제 머릿속에 아이들 얼굴이 다 들어 있어요. 꼭 우리 학교 친구들과 언니, 오빠 들 같아요."

"그렇구나. 나도 책을 빨리 읽진 못해."

소소 선생은 장미와도 한참 책 이야기를 나눴어요.

"그런데 아까부터 보니 저 아이만 혼자 있구나."

스스와 장미는 계단 손잡이를 잡고 선생이 가리키는 곳을 보았어요. 그곳엔 무진이가 공 의자에 앉아 책을 읽고 있었지요.

　　　　　　　　　　　"무진이는 책을
　　　　　　　　　읽을 때 소리 내서 중얼거
　　　　　　　리며 읽어요. 미끄럼틀 타거나 배
　　　　드민턴 치는 걸 그리 좋아하지 않고요.
　　수업 시간에 발표는 잘하지만요. 우리도 무진이
를 그냥 내버려둬요."

　장미가 말했어요.

　"아니, 책을 읽고 있는 게 아니야. '나도 같이 놀자고
해 볼까? 먼저 말하기는 쑥스러운데…….' 하고 중얼거
리고 있어. '나는 재미없는 아이라서 비웃음거리가 될 거
야.'라고도 하는구나."

　"그걸 어떻게 아세요?"

　소소 선생의 말에 장미가 눈을 크게 뜨고 물었어요.

　"내 귀가 좀 밝거든."

소소 선생이 어깨를 으쓱하며 말했지요.

스스와 장미와 선생은 계단 위에서 무진이를 내려다
보았어요.

"지금은요?"

"지금은…… '나도 소소 작가님하고 미끄럼틀 타고 싶
어. 사인해 달라고 말하고 싶은데 너무 부끄러워. 작가님
이 가시기 전에 사인받을 수 있을까? 편지도 써 왔는데
언제 드리지?' 이렇게 말하는구나."

"왜 저러는 건지 모르겠어요. 무진이랑 놀지 않으려고
한 적은 없는데."

스스가 고개를 갸웃거리며 말했어요.

"나는 알 것 같아. 어렸을 땐 나도
친구에게 먼저 다가가지 못했거든."

소소 선생이 중얼거렸어요.

"작가님도요?"

스스와 장미의 말소리에 무진이가

계단 쪽으로 번쩍 고개를 들었다가 눈이 마주치자 깜짝 놀라며 책에 얼굴을 묻었어요.

"지금은 무진이가 뭐라고 중얼거리고 있어요?"

"너무 작아서 잘 안 들리는구나. 내 귀가 밝기는 하지만, 책에 얼굴을 묻고 중얼거리는 소리까지는 들리지 않아서 말이야."

소소 선생은 교실 가득 창으로 쏟아지는 햇살 아래 뛰놀고 있는 아이들을 보았어요. 그리고 아이들이 주고받는 다정한 말을 들었지요. 어떤 아이는 친구와 공놀이하며 "오늘 집에 가서 〈딩동 놀이공원〉 작가를 만났다고 언니한테 자랑해야지!"라고 했고, 어떤 아이는 "나도 커서 작가가 될 거야!" 하고 말했어요.

"스스야, 네가 무진이보고 같이 놀자고 하면 어떨까?"

장미가 스스에게 속삭였어요.

"네가 먼저 생각했으니 네가 불러 봐."

스스가 말했어요. 소소 선생도 맞장구쳤지요.

"그래, 장미가 불러 봐. 더 좋아할 거야."

장미는 조금 부끄러워하다가 무진이를 불렀어요. 하지만 무진이는 여전히 책에 얼굴을 파묻고 있었어요. 그러자 장미는 계단을 내려가 무진이에게로 갔습니다.

"작가님, 장미는 평소에도 무진이 얘길 많이 했어요. 먼저 다가간 건 오늘이 처음이지만요."

스스가 소소 선생에게 속삭였어요. 선생은 말없이 고개를 끄덕였지요.

장미는 무진이에게 스스와 소소 선생을 가리키며 함께 미끄럼틀을 타자고 말했어요. 무진이는 책을 책꽂이에 꽂은 뒤 장미와 함께 계단을 올라왔지요.

그 모습을 보니 소소 선생은 자꾸만 웃음이 났어요. 사실 선생은 무진이가 책에 얼굴을 묻고 중얼거린 말을 다 들었거든요. 무진이는 "왜 장미만 보면 자꾸 심장이 쿵쿵 뛰지?" 하고 중얼거렸답니다.

"우리, 이번엔 레일 열차 타요. 둘씩 열차에 타고 레일

을 따라서 한 바퀴 도는 거예요. 교실 이 끝에서 저 끝까
지요. 보이시죠?"

　장미의 말에 스스와 무진이와 소소 선생은 고개를 끄
덕였어요.

　교실을 한 바퀴 돌고 온 레일 열차가 생쥐들 앞에 섰
습니다.

　"장미야, 나랑 같이 타자."

　스스가 장미의 손을 잡아당기며 말했어요.

　"스스야, 나랑 같이 타면 어때? 너랑 내 작품 이야기

를 더 나누고 싶거든."

소소 선생이 얼른 스스 옆에 섰지요.

"좋아요! 그럼 너희 둘이 먼저 타. 너무 어색해하지는 말고."

스스의 말에 장미와 무진이는 조금 머뭇거리다가 나란히 열차에 앉았어요. 그 모습을 보고 소소 선생은 활짝 웃었지요. 선생은 장미와 무진이가 탄 열차가 넓은 교실을 천천히 도는 걸 지켜보았습니다.

"작가님, 우리 학교에 오시길 잘하셨죠?"

"그래. 여기 오길 잘했어."

스스가 한껏 신이 나서 재잘재잘 떠드는 동안 소소 선생은 방금 전 무진이가 작게 중얼거린 말을 또 듣게 됐어요. 무진이는 "내가 장미를 좋아하는 걸 애들이 눈치채면 어떻게 하지?" 하고 걱정했지요.

맞아요. 소소 선생은 귀가 엄청나게 밝지만 가끔 비밀을 지켜 주기 위해서 조금 덜 들리는 척할 때도 있답니다.

스스와 함께 열차를 기다리던 소소 선생은 아까 했던 생각이 번뜩 떠올랐어요.

"혹시 여기 선생님 중에 새돌이 선생님이라고 있니?"

"아뇨. 그런 선생님은 없는데요."

선생의 말에 스스가 대답했어요.

'역시 그렇구나. 새돌이는 우리 반에서 몸집도 제일 작았고 학교도 거의 못 나왔으니 저렇게 건장한 선생님이 되었을 리는 없겠지.'

소소 선생은 잠시 어린 시절을 생각하다가 말을 꺼냈
어요.

"어릴 때도 안 타 본 걸 이제야 타 보는구나."

"레일 열차를 한 번도 안 타 보셨다고요?"

"우리 부모님은 늘 바빠서 나와 오빠를 놀이공원에
데려가지 못하셨거든."

"우리 부모님도 그래요. 하지만 학교에 오면 형, 누나,
동생 들이 있고 친구들이 있어요. 이렇게 종일 놀고 배
워요. 놀이공원은 학교 소풍으로 갔어요. 그때 도시에
처음 가 봤어요. 아, 그리고 말이에요……. 작가님! 제 이
야기 듣고 계세요? 지금 열차를 보고 웃으셨잖아요."

한참 조잘대던 스스가 소소 선생을 보고 물었어요.

"아, 미안. 장미와 무진이가 재미있는 이야기를 하길래
그만 빠져들었지 뭐니. 어디까지 얘기했니?"

"열차가 저렇게 멀리 갔는데도 들려요?"

"아, 그게 아니라……. 조금 말이야. 아주 조금."

"그 정도로 귀가 밝지는 않다고 하셨잖아요."

"가끔은 아주 밝아지기도 하거든. 하지만 엿듣지 않으려고 노력하지."

"그럼 쟤네가 뭐라고 했는지 얘기해 보세요."

"나는 네 얘길 더 듣고 싶은걸."

소소 선생은 자신이 들은 이야기를 하지 않으려고 둘러댔어요. 왜냐하면 장미와 무진이는 매우 달콤한 이야기를 시작한 참이었거든요.

"전 말을 하다 보면 자꾸 잊어버려요. 하고 싶은 말이 끝도 없거든요. 집에서도 말을 많이 하는데, 엄마 아빠는 바로 잠들어 버려요. 그럼 저는 제 인형 토토에다 대고 쉬지 않고 말해요."

소소 선생은 문득 어린 시절의 부모님을 떠올렸습니다. 아버지는 아침 일찍 나가 저녁 늦게 들어왔고, 엄마도 트럼펫 학원을 닫고 돌아오면 늦은 시간이었어요. 오빠는 늘 피아노 연습만 했고요. 부모님은 오빠에게만 신경 쓰느라 선생에겐 무관심했지요.

"학교에서 놀이공원으로 소풍 간 적도 없어요?"

"응. 그땐 몸이 너무 약해서 소풍날에는 그냥 집에 있어야 했거든. 나는 조금만 멀리 갔다 와도 열이 펄펄 나고 밤새 땀을 흘렸어. 오래 걷지도 못하고 말이야."

"와, 그럼 이제 성공하신 거네요. 이렇게 멀리까지 잘 오셨으니 말이에요."

스스의 말에 소소 선생이 웃었어요.

"자라면서 조금 더 건강해졌지. 그리고 말이야. 나는 사실 여기 오기 전까지 내가 다시 동화를 쓸 수 있을지 많이 고민했어. 최근 몇 년 동안 좋은 작품을 쓰지 못했거든."

소소 선생은 어느새 봉봉 씨에게나 할 이야기를 스스에게 털어놓고 있었어요.

"뭐, 다 그런 거죠."

"다 그런 거라고?"

"네. 매일매일 지내다 보면 여러 가지 일이 일어
나잖아요. 그래서 저는 오늘 좀 기분 나쁜 일이 있
으면 내일을 기다려요."

"'내일을 기다린다'라……."

소소 선생은 다시 생각에 빠졌어요.

'난 내일이 오면 어떤 글도 쓸 수 없을까 봐 늘
걱정만 했구나.'

그때, 장미와 무진이가 탄 열차가 돌아왔어요.
소소 선생과 스스도 함께 열차에 올랐습니다.

"작가님은 엄청나게 행복하게 사는 줄 알았어
요. 드라마 보면 작가들은 자유롭게 여행도 다니
고, 작가와의 만남에 가서 사인을 해 주고, 팬레터
도 많이 받잖아요."

"아니라서 좀 실망했니?"

"아뇨, 더 좋아요. 작가님이랑 저랑 그리 다르지 않은 것 같아서요."

"으아아아악!"

소소 선생은 스스의 말에 멋진 대답을 해 주고 싶었지만, 열차가 갑자기 속도를 내며 달리는 바람에 비명을 지르고 말았어요. 그 소리를 듣고 교실에서 놀던 아이들이 웃어 댔지요. 머리 위로 하트 모양을 만들어 보이거나 손을 흔들어 주기도 했어요.

그 뒤로도 소소 선생과 스스는 열차 안에서 아주 오래된 친구처럼 많은 이야기를 나눴습니다.

열차에서 내린 후, 교실에서는 소소 선생의 사인회가 열렸어요. 아이들은 〈딩동 놀이공원〉 시리즈 중 자기가 가장 좋아하는 편을 들고 왔는데, 스스의 말대로 대부분의 아이들이 1권에서 5권 사이의 책에 사인을 받고 싶어 했어요.

아이들은 소소 선생에게 사인을 받으며 저마다 궁금했던 것들을 질문했어요. 어떻게 하면 재미있는 이야기를 생각해 낼 수 있는지 묻는 아이들이 대부분이었고, 나이나 취미, 첫사랑에 대해 묻는 아이도 있었습니다.

무진이는 이렇게 물었어요.

"왜 〈딩동 놀이공원〉 이야기를 계속 쓰세요?"

인터뷰할 때면 종종 받는 질문이기도 했어요. 그럴 때마다 소소 선생은 '놀이공원은 아이들이 가장 좋아하는 곳이고, 아이들에게 꿈과 희망을 주는 곳이기 때문'이라고 대답했지요. 선생은 놀이공원에 가 본 적도 없고, 놀이공원에 대해 제대로 생각해 본 적도 없었지만 왠지 동화 작가라면 그렇게 말해야 할 것 같았거든요.

하지만 이번엔 그렇게 답하지 않았어요. 진짜 그 이유가 무엇인지 곰곰 생각해 보았지요.

"음, 오늘 여기서 너희들과 함께 놀면서 깨달았어. 나는 어린이들이 가고 싶은 곳에 가고, 먹고 싶은 걸 먹고, 듣고 싶은 말을 들었으면 좋겠어. 나는 그러지 못했거든. 〈딩동 놀이공원〉 시리즈에도 이런 나의 바람이 담겨 있을 거야."

소소 선생의 대답이 마음에 들었는지 무진이는 살짝 미소를 지으며 자리로 돌아갔어요.

드디어 맨 뒤에 줄을 서 있던 가장 작은 아이가 선생 앞에 책을 내려놓았습니다. 그 책은 〈딩동 놀이공원〉 10권이었어요.

"다행이에요, 작가님. 10권을 좋아하는 아이도 있으니까요."

옆에 서 있던 스스의 말에 소소 선생의 얼굴이 발그

레해졌어요.

"작가님, 혹시 다음 책은 11권인가요?"

〈딩동 놀이공원〉 10권에 사인받은 아이가 물었어요.

"아니, 이제 새로운 동화를 쓰려고."

소소 선생이 대답했어요.

"어떤 내용이에요?"

"아직은 잘 몰라. 하지만 오늘 너희들을 만난 덕분에 새로운 이야기가 곧 떠오를 것 같아. 이야기는 갑자기 찾아오거든. 항상 준비하고 있어야 하지."

"우리가 계속 응원할게요!"

무진이가 큰 목소리로 말했어요. 아이들이 모두 무진이를 보았지요. 늘 뒤에서 가만히 중얼거리기만 했던 아이니까요.

"그래, 나도 널 응원할게."

소소 선생도 무진이를 바라보며 말했어요.

🌰 갑자기 찾아온 이야기

사인회가 끝나자마자 수업 마치는 종이 울렸습니다. 교실 문이 열리며 생쥐 선생님이 들어왔어요.

"작가님, 즐거우셨죠?"

"네. 정말로요."

선생님의 말에 소소 선생이 고개를 끄덕이며 대답했어요.

"지금부터는 점심시간이에요. 저희는 날씨가 좋은 날이면 뒤뜰 냇가에서 다 함께 점심을 먹거든요. 같이 가시겠어요?"

소소 선생은 생쥐 선생님과 아이들을 따라 학교 뒤뜰로 향했어요. 마을 입구에 흐르던 냇물이 뒤뜰에도 흐르고 있었지요. 도시락을 든 아이들과 조약돌을 밟으며 걷다 보니 소소 선생은 어린 시절로 돌아간 기분이 들었어요. 생쥐 선생님이 가져온 큰 물통에선 얼음이 부딪히는 소리가 들렸고요. 그래서 자기도 모르게 노래를 흥얼거리기 시작했습니다.

"돌돌 꼬마돌, 졸졸 조약돌……."

그러자 아이들이 한목소리로 노래를 따라 불렀어요. 소소 선생은 자신이 혼자 부르던 노래를 아이들이 어떻게 알고 있는 걸까 궁금했지만, 노래를 끊고 싶지 않았어요. 냇가에 도착해 점심 먹을 자리를 정돈하는 동안에도 아이들은 노래를 멈추지 않았습니다.

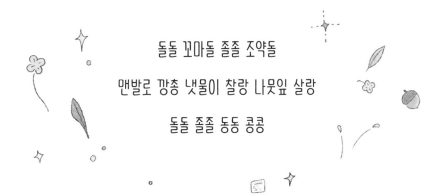

돌돌 꼬마돌 졸졸 조약돌
맨발로 깡총 냇물이 찰랑 나뭇잎 살랑
돌돌 졸졸 동동 콩콩

"그런데요, 선생님. 아이들이 이 노래를 어떻게 아는 거죠? 그냥 제가 가끔 흥얼거리는 노래인데, 어디서 들었는지 기억이 나지 않아요. 제가 지어서 부른 노래인 줄 알고 있었거든요."

"우리 학교 교가예요!"

생쥐 선생님이 대답하기도 전에 아이들이 소리쳤어요.

"아, 이런 교가가 있었다니. 하지만 난 이 동네도 처음 오고 이 학교에 다니지도 않았는데……."

소소 선생은 도시락 뚜껑을 열면서도 고개를 갸우뚱거렸어요. 냇가에서 함께 먹는 도시락이 정말 맛있었는데도 선생은 기억을 더듬느라 뭘 먹고 있는지 모를 정도였지요.

점심을 다 먹자 생쥐 선생님은 큰 물병을 열어 아이들에게 얼음물을 따라 주었어요. 소소 선생은 돗자리에 앉아 아이들을 보고 있었고요.

"여름이 다가오는 냇가에선 얼음물이 최고죠."

선생님이 소소 선생의 컵에 물병을 기울였어요. 물과 함께 쏟아진 얼음이 컵 위에 '동동' 떠올랐지요. 그걸 보고 있으니 소소 선생은 이름 하나가 생각났습니다.

"혹시, 선생님 이름이 이새동?"

"기억력이 안 좋은 건 여전하네."

생쥐 선생님이 소소 선생을 바라보며 웃었어요.

"정말 네가 새동이었구나! 그런데 내가 작가라는 건 어떻게 알았어? 소소라는 이름은 세상에 널렸는데 말이야."

"우린 정말 많은 이야기를 주고받았잖아. 우연히 동화책을 읽고 네가 쓴 작품이라는 걸 바로 알아챘지."

"나는 전학 간 뒤로 네 이름도 얼굴도 잊고 있었어. 졸업 앨범도 없고 말이야. 오죽하면 널 새돌이라고 기억하고 있었겠어!"

새동이가 이렇게 건강한 생쥐가 되어 있다니! 소소 선생은 너무나 기뻤어요.

둘은 그동안 어떻게 지냈는지 이야기를 나누었어요.

그러는 사이 소소 선생은 졸졸 시냇물 노래가 새동 선생님과 어릴 적 함께 지어 부른 노래였다는 걸 기억해 냈어요. 물놀이를 하던 아이들이 새동 선생님과 소소 선생의 어린 시절 이야기를 들으려고 몰려들기도 했지요.

새동 선생님과 한참 수다를 떨던 선생은 봉봉 씨가 했던 부탁이 번뜩 떠올랐어요.

"참, 산딸기랑 산딸기잎을 구해 가야 해. 여기 산딸기 있겠지? 타르트 가게를 운영하는 내 친구가 부탁했거든. 전학 가서 사귄 친구인데, 지금 나와 가까이 살아."

"저 안쪽 숲에 산딸기밭이 있어. 아마 지금쯤이면 산딸기가 아주 잘 영글었을 거야. 조금 위험한 곳에 있긴 한데 가 보지, 뭐. 거기 사는 고약한 뱀들이 우릴 노리고 있거든. 하지만 모두 함께니 용기를 내 보는 것도 좋겠어."

"어디든 고약한 동물들이 있군. 우리 오피스텔 고양이 경비원도 그렇거든."

아이들은 둘의 대화를 듣고 얼른 산딸기밭에 가자고

졸랐어요. 어른들이 없으면 갈 수 없는 숲에 너무나도 싱그러운 산딸기밭이 있다는 걸 소문으로 들어 알고 있었거든요.

소소 선생과 새동 선생님, 그리고 아이들은 바구니를 챙겨 들고 살금살금 숲으로 향했어요. 그리고 곧 빨간 산딸기가 꽃처럼 아롱거리는 산딸기밭에 도착했습니다.

"얘들아, 뱀들이 깨면 안 되니 아주 조용히 산딸기를 따야 한다. 이 뱀들은 아이스크림을 파는 뱀 로로 씨와는 완전히 다르단다. 숲의 강도들이지."

새동 선생님이 아주 작은 소리로 속삭였어요.

"네!!!!!"

하지만 소용없었지요. 아이들이 교실에서처럼 큰 소리로 대답했으니까요!

그때, 몸집이 크고 미끄덩거리는 큰 뱀 세 마리가 눈을 번쩍 뜨고는 스르르 다가왔어요.

"심심하던 중에 잘됐군. 대격투가 벌어지겠는걸?"

그중 가장 큰 뱀이 머리를 치켜들고 이를 드러내며 혀를 날름거렸어요. 소소 선생과 새동 선생님과 아이들 모두 그 자리에 얼어붙어 버렸지요. 털이 바짝 선 채로요.

"아이고, 안녕하세요? 애들아, 인사해야지. 훌륭하신 뱀 선생님들이셔."

새동 선생님이 친절한 목소리로 간신히 인사했어요.

"아, 아, 아, 녀언아, 하세요?"

아이들도 한목소리로 인사했지만 놀라서 말이 제대로 나오지 않았습니다.

뱀들은 생쥐들이 기겁해서 도망갈 줄
알았는데 인사를 하자 어리둥절해했어요.
　　"우리보고 선생님들이라고?"
　　"그럼요. 아, 여기 이분은 동화 작가 선
생님이세요. 설치류 사이에선 이미 소문이
자자하죠."
　　새동 선생님이 능숙하게 소소 선생을 소개했어요.
　　"그런데 여길 왜 온 거지?"
　　알록 뱀의 질문에 모두가 소소 선생을 보았어요.
　　선생은 너무 놀라 자리에서 오줌을
찔끔 싸 버렸어요. 그 바람에 속바
지가 흥건히 젖고 말았지요. 하지만
긴 치마와 높게 자란 풀 때문에 아무도
　　그 사실을 알지 못했습니다.

"아, 제 친구가 타르트 가게를 하는데요. 그러니까, 음, 그 가게 타르트는 굉장히 맛있어요. 워낙 그 친구가 꼼꼼하고 솜씨가 좋아서……."

소소 선생이 다리를 덜덜 떨며 말했어요.

"타르트가 뭐야?"

줄무늬 뱀이 물었어요.

"아, 그, 그러니까 타르트는 프, 프랑스식 파이예요. 밀가루 반죽을 그릇 모양으로 구, 구워서……."

소소 선생이 기억을 더듬으며 말했어요.

"구워서?"

"그 안에 우, 우유 크림이나 치즈 크림을 넣고, 위에 따, 딸기나 블루베리, 자몽 같은 걸 올려요."

"그러면 거기 얹을 산딸기를 훔치러 왔다는 건가?"

"대격투가 벌어지겠군."

"못된 생쥐들 같으니. 그리고 이 생쥐 녀석이 작가라는 게 타르트랑 무슨 상관이야?"

뱀들이 소리치자 생쥐들은 벌벌 떨기 시작했어요.

"선생님들, 그게 아니고요. 그러니까 이분이 다음 책에 쓰실 이야기가 뱀 선생님들께 타르트를 대접하는 그런……."

새동 선생님이 말했어요.

"맞아요! 멋진 이야기를 쓰려면 그런 일을 직접 겪어 보는 게 좋으니까요. 맞죠, 작가님?"

스스가 얼른 맞장구쳤지요.

"네네, 저는 이런 멋진 산딸기밭을 가꾸시는 뱀 선생님들과 작품에 대해 의논하고, 또 허락하신다면 산딸기를 한 움큼이라도 얻어 가서……."

소소 선생도 얼떨결에 말을 이었어요.

"얻어 가? 누구 좋으라고?"

줄무늬 뱀이 혀를 날름거리며 비꼬았어요. 그 모습은 정말 끔찍했지요. 뱀이 입을 벌리자 뾰족한 이빨까지 살짝 보였거든요.

"…… 어, 얻어 가서 타르트를 만들어 보내 드리고, 맛
이 어떠신지 의견을 여쭙고, 제 책의 방향에 대해 의논
을 드리고……. 네, 그러려고요."

소소 선생은 축축해진 속바지 때문에 꼼짝도 못 하고
선 채로 열심히 떠들어 댔어요.

"음, 타르트라는 게 그렇게 맛있다면 한 번쯤 맛보는
것도 나쁘진 않겠어."

"우리가 워낙 훌륭하니 의견 같은 건 얼마든지
줄 수도 있고 말이야."

"우리에게 산딸기는
넘치도록 많으니까."

뱀들이 이야기를
나누는 동안 생쥐들은 침을
꿀떡 삼키며 가만히 듣고만 있었어요.

그런데 갑자기, 뱀들이 서로 귓속말을 하기

시작했습니다.

"하지만 만약에 타르트를 만들어 오지 않으면? 우린
그냥 산딸기를 도둑맞는 거라고."

"동화 작가가 아닌데 둘러대는 걸 수 있어. 생쥐들은
원래 약았거든."

"분명히 동화를 쓴다느니 하는 말은 거짓
말이야. 그러니 결투를 벌이고 생쥐들을
몽땅……."

그 귓속말은 소소 선생만 알아들을
수 있었지요.

"제가 빼먹은 말이 있는데요. 저는
이미 책에 쓸 내용을 다 생각해 뒀어
요. 한번 들어 보실래요?"

소소 선생은 뱀들 사이에서 더
험한 말이 오가기 전에 이야기를 시작했어요.

"제목은 《뱀 씨와 산딸기타르트》인데요. 숲에서 외롭게 살고 있던 뱀에게 어느 날 상자 하나가 배달돼요."

"배달? 좋지. 여기까지 누가 선물을 보내진 않으니까."

"그 상자에는 알록달록하고 매끈매끈한 줄무늬 리본이 멋지게 묶여 있어요. 뱀 선생님들의 훌륭하고 아름다운 모습처럼요."

뱀들은 기분이 좋아졌어요. 칭찬을 듣는 건 오랜만이었거든요.

소소 선생은 신이 나서 이야기를 떠들어 댔어요. 그건 갑자기 떠오른 이야기였어요. 이야기는 이렇게 느닷없이 찾아오곤 했지요. 오줌을 싸 버려서 축축한 속바지를 입고 뱀들 앞에서 덜덜 떨고 있을 때도요.

오줌으로 젖었던 속바지가 다 마를 때까지 소소 선생은 이야기를 들려주었습니다. 그러자 뱀들은 어쩐지 순한 표정이 되어 있었지요. 아이들도 재미있다고 박수를 쳐 댔어요.

"우리가 주인공인 거잖아?"

"게다가 너무 감동적이야."

"어서 산딸기를 따 가지고 가서 당장 그 이야기를 책으로 쓰라고! 그 전에 우리에게 산딸기타르트를 보내는 것도 잊지 말고. 리본, 그 리본도 달아서 말이지."

뱀들이 말했어요.

"네, 그럼요. 저도 얼른 돌아가서 이 이야기를 쓰고 싶어요. 도시에 가면 제 떡갈나무 책상에 앉아 쉬지 않고 이야기를 쓸게요!"

소소 선생은 지금까지 자신이 떠들어 댄 이야기를 얼른 쓰고 싶었어요. 정말로요!

풍선을 타고

이제 돌아갈 시간이 되었어요. 소소 선생의 마음에 아쉬움이 가득 찼지요. 한편으론 그 먼 길을 되돌아가야 한다고 생각하니 힘이 쫙 빠졌어요. 아이들이 만들어 준 인형과 장난감을 비롯해 숲에서 따 온 산딸기 한 바구니 등등 짐이 정말 많았거든요.

"돌아가는 방법은 우리가 다 생각해 놨지. 짐이 이렇게 많은데 버스와 기차를 타고 가게 할 순 없으니까."

새동 선생님과 아이들은 소소 선생을 옥상으로 데리

고 갔어요. 그곳에는
풍선 바구니가 준비
되어 있었습니다.
　"우리 학교 아이들은
풍선 바구니를 타고 학교에
오거든."
　'세상에, 내 꿈이 정말
이뤄졌구나!'
　소소 선생은 눈물이 왈칵
쏟아질 것 같았어요. 어릴 때부터 풍선 여행을 해 보는
게 꿈이었으니까요.
　선생은 아이들과 인사를 나누고 풍선 바구니에 올라
탔어요. 고양이 조종사는 몸집이 작은 소소 선생이 바구

니에 안전하게 탈 수 있도록 도와주었어요.

소소 선생은 새동 선생님과 아이들을 향해 스카프를 흔들었어요. 풍선 바구니는 졸졸 초등학교와 점점 멀어지며 높이높이 날았습니다.

"저 집들마다 누군가 살고 있겠네요. 세상이 장난감처럼 보여요."

"엄청나게 기쁜 일도, 엄청나게 화나는 일도 이렇게 멀리서 보면 다 놀이 같답니다."

조종사의 말에 소소 선생은 고양이 경비원이 떠올랐어요. 사실 이런 기회가 아니었다면 선생은 평생 고양이와 이야기를 나누지 않고 살 생각이었거든요.

"사실 저는 고양이들과 평소 사이가 나빠요. 특히 제가 사는 오피스텔의 고양이 경비원과는 원수 사이죠."

"뭐, 그럴 수도 있죠. 저도 고양이지만 고양이들과 그리 잘 지내지 못해요. 그래서 생쥐들만 다니는 졸졸 초등학교에서 일하게 됐답니다. 고양이들이 지긋지긋해서 말이에요."

고양이 조종사의 말을 들으니 왠지 안심이 됐어요.

"그런데 재밌는 건요. 원래 졸졸 초등학교에 일하던 풍선 바구니 조종사는 제가 있던 학교로 옮겨 갔어요."

"저런, 어쩌다가요?"

"생쥐들이 지긋지긋하다는 이유였죠."

그 말에 소소 선생은 푸하하 웃었어요.

둘은 고양이와 생쥐에 대한 이런저런 이야기를 주고받으며 노을을 뚫고 날았습니다.

소소 선생이 사는 도시의 오피스텔에는 저녁이 되어서야 도착했어요. 소소 선생은 고양이 조종사의 풍선 바구니가 보이지 않을 때까지 스카프를 흔들어 주었어요.

하지만 선생은 곧 한숨을 푹 쉬었습니다.

"하이고, 이것들을 다 어떻게 옮긴담."

고양이 조종사가 오피스텔 앞에 내려 주고 간 짐들은 혼자서 옮길 수 없을 만큼 많았어요. 힐끗 돌아보니 고양이 경비원이 건물 현관을 닦고 있었지요.

소소 선생은 조심스럽게 고양이 경비원에게 다가갔습니다.

"저기, 안녕하셨는지요?"

선생이 정중하게 말을 건네자 고양이 경비원이 깜짝 놀랐어요.

"아, 네. 안녕하세요?"

그러고는 오피스텔 앞에 가득 쌓인 짐을 엘리베이터에 실어 주었지요.

둘은 엘리베이터 안에서 아무 말도 하지 못하고 어색한 시간을 보냈어요.

"빠진 건 없으신가요?"

고양이 경비원이 물었어요. 잠시 고민하던 소소 선생은 짐을 뒤적거리다 무언가를 꺼냈습니다.

"저……. 차를 좋아하시는지 모르겠지만 졸졸 마을에서 재배한 찻잎이에요. 보답의 인사로 드리겠습니다."

"어이쿠, 감사합니다."

그러고는 다시 침묵이 흘렀어요. 먼저 입을 연 건 고양이 경비원이었습니다.

"월세와 관리비 독촉은 어쩔 수 없었어요. 건물 주인이 그걸 안 받아 내면 저를 해고한다고 해서……. 무례했다면 죄송해요."

고양이 경비원의 사과가 진심이라는 걸 선생은 알 수 있었어요.

소소 선생은 아주 오랜만에 고양이 경비원과 이야기를 나누었답니다.

집에 들어오자마자 소소 선생은 속바지부터 갈아입었어요. 그러고는 냉장고를 정리했지요. 아이들이 텃밭에서 기른 채소와 과일, 그리고 새동 선생님이 만든 절임 반찬 들로 늘 텅 비어 있던 냉장고가 꽉 찼어요. 냉장고가 이렇게나 꽉 찬 건 처음 있는 일이었어요.

정리를 마친 선생은 작은 수레에 산딸기와 산딸기잎을 옮겨 싣고 봉봉 타르트 가게로 갔습니다. 그러고는 봉봉 씨가 가게를 정리하고 문을 닫기 직전까지 졸졸 초등학교에서 만난 아이들과 어린 시절의 친구 새동 선생님 이야기를 들려주었어요. 뱀 세 마리에게 물릴 뻔했으나 그 와중에 이야기가 찾아온 것도요. 물론, 오줌을 싼 이야기는 하지 않았지요.

"정말 훌륭한 산딸기야. 윤기 흐르는 것 좀 봐. 산딸기잎만 조금 얻게 될 줄 알았는데 말이야."

봉봉 씨가 눈을 반짝이며 말했어요.

"거봐, 여행은 그런 거지. 어떤 즐거운 일이 생길지 모른다니까."

"다 봉봉 덕이야."

"아, 소소. 잊을 뻔했어. 오늘도 편지들이 왔거든. 그런데 좀 이상한 편지봉투가 있더라고."

봉봉 씨가 받아 둔 편지 묶음 중에는 아주 작은 편지봉투가 있었습니다.

"겉봉투에 쓰여 있는 글씨도 돋보기로 봐야 보여."

소소 선생은 봉봉 씨가 건네 준 돋보기로 편지봉투를 확인했지요. 거기엔 꿀벌 그림이 그려져 있었고, 그 옆엔 '펄펄 초등학교' 라고 쓰여 있었답니다. ✧

2권에서 만나요~